AF385263

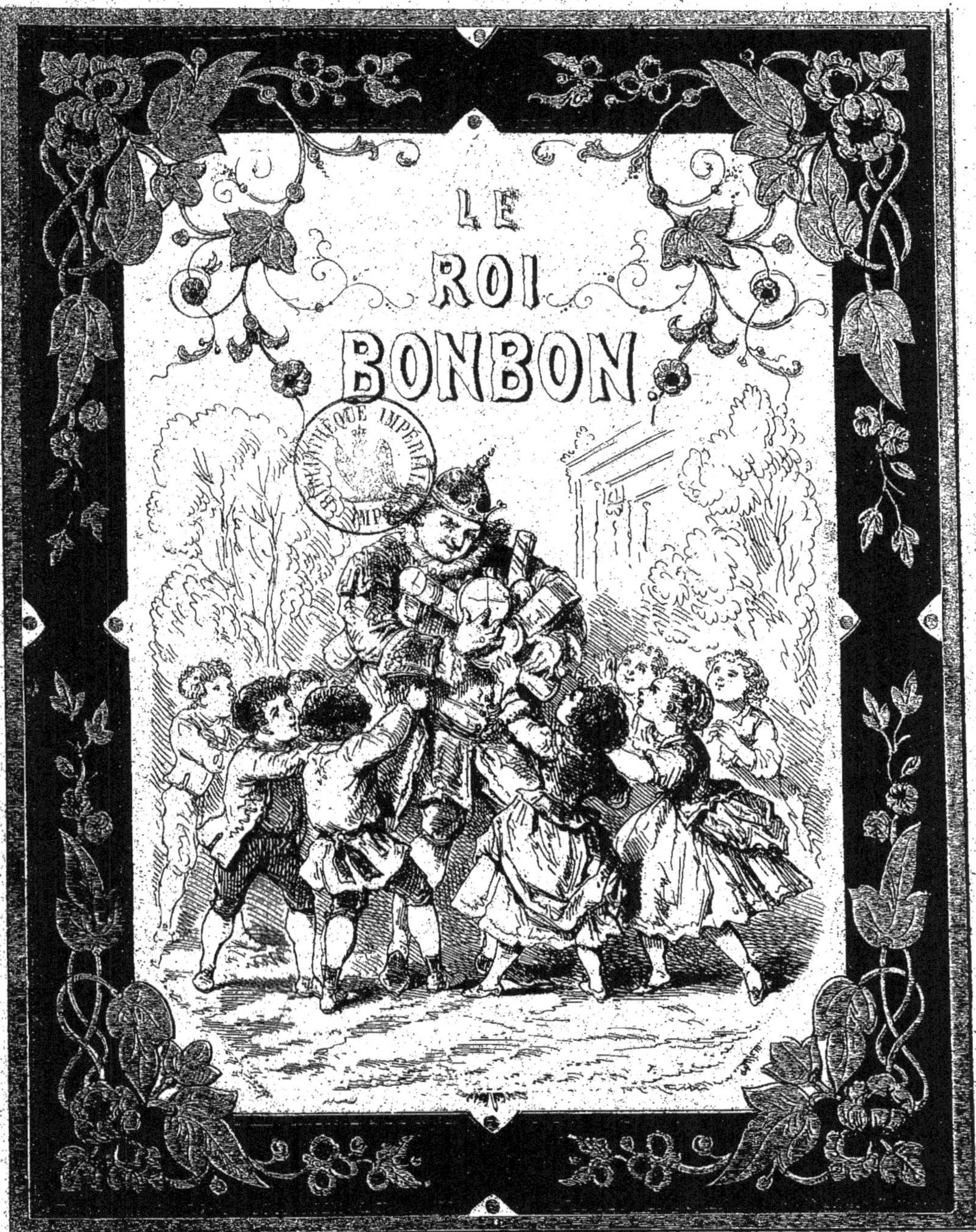
LE
ROI
BONBON

LE ROI BONBON

Paris.—Maison Martinet.

Imp. Becquet, à Paris.

LE ROI BONBON.

Un beau matin, on vit sur toutes les routes de la charmante petite île des Ananas, courir les jeunes pages du Roi Bonbon, montés sur les Autruches qui en ce temps là, y servaient de coursiers. Ces jolis enfants allaient porter, dans tout le pays une grande nouvelle qui avait fait sauter de joie tout le conseil royal.

Cette grande nouvelle la voici : Le ciel venait de donner un fils à Bonbon et à la princesse Angélique sa femme ; or, on jugera quel dut être leur bonheur, quand nous aurons dit qu'ils adoraient les enfants pour lesquels le Roi avait toujours quelques douceurs. C'était un de ses moyens d'encourager l'art naissant de la confiserie.

Imp. Becquet à Paris.

Aussi ses poches étaient
elles souvent assiégées par
une armée de petits et de
petites gourmandes. D'un autre
côté, il n'était pas de jour où
la Reine ne se plut à parta-
ger les jeux de ses jeunes
sujets ou sujettes. Un usage
de l'île voulait que l'on fit
un cadeau aux nouveaux nés
lorsqu'ils avaient atteint
l'âge de trois ans. On leur
donnait, en même temps, le petit
nom qu'ils semblaient avoir mérité.

Imp. Becquet à Paris.

Lorsque le petit prince qui reçut celui d'Anis, eut cet âge, chaque habitant s'ingénia à trouver ce qui pourrait être le plus agréable à l'enfant. Le présent qui parut l'emporter sur tous les autres fut un gigantesque et magnifique œuf de sucre, plus blanc que la blanche neige. Dans son admiration pour une telle merveille le Roi créa l'ordre de la canne à sucre, dont les dignitaires eurent pour privilége de se montrer à cheval sur une de ces précieuses cannes.

On plaça le bel œuf sous une tente magnifique, en ayant le soin de le faire garder par deux sentinelles, armées l'une d'un chasse-mouches, l'autre d'un martinet, pour les mouches à deux pieds.

Un soir les factionnaires s'enfuirent tout épouvantées. Lorsqu'elles eurent repris haleine, le garde-mouches jura qu'il avait vu l'œuf bailler, et le porte-martinet affirma qu'il l'avait entendu éternuer. Toute la Cour se rendit aussitot sous la tente et l'on trouva dans l'œuf le jeune prince, qui s'y était avec un grand clou, fait un lieu de plaisance, après être parvenu à tromper la vigilance des sentinelles.

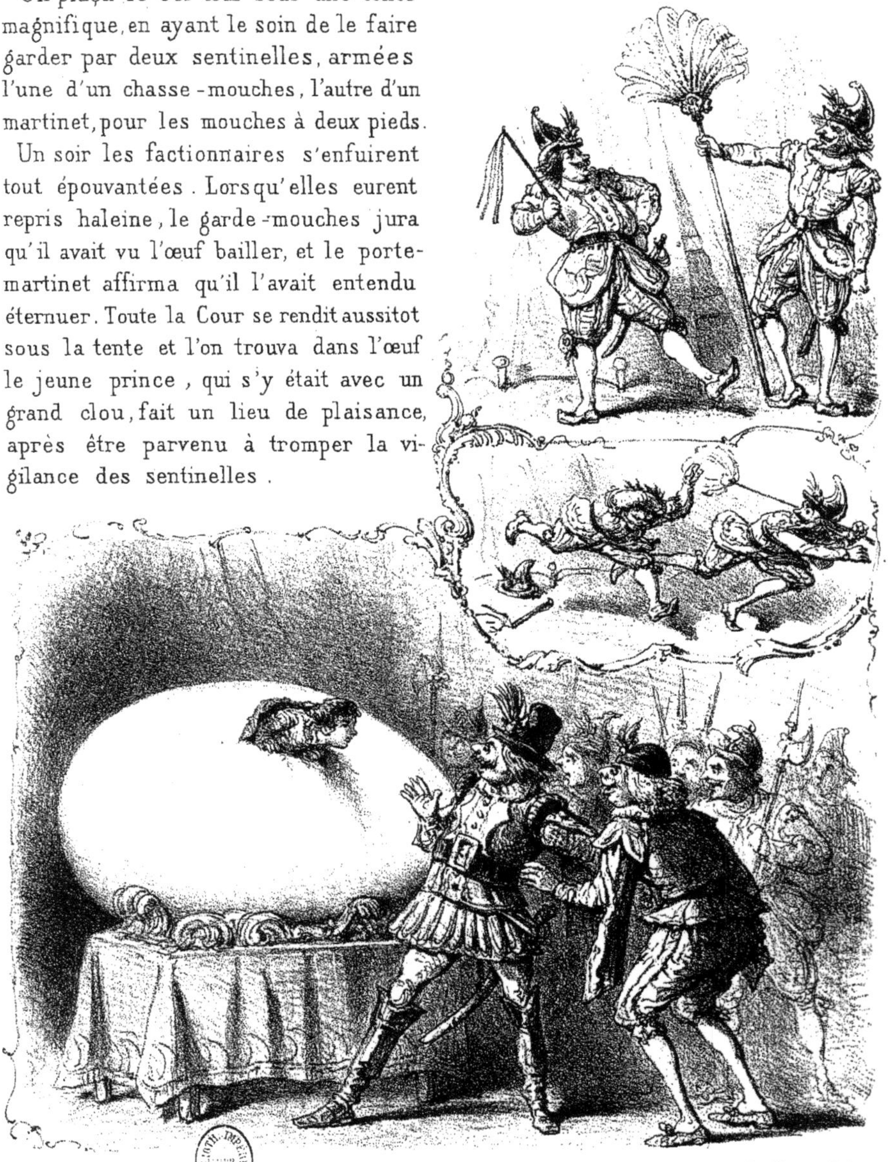

Imp. Becquet, Paris.

L'abus du sucre ne tarda pas à le lui
faire prendre en dégout. La vue seule
d'un mets sucré le mettait en fureur.
Comme il perdit l'appétit, le Roi et la
Reine désolés allèrent consulter un
beau vieillard, appelé le père la Sagesse.
Il se contenta de leur donner une grande
boite. Pendant ce temps, les Chevaliers
de la Canne à sucre se cassaient de
désespoir leurs
montures sur
le dos. Heureu-
sement les mor-
ceaux en étaient
bons.

La boîte du père la Sagesse contenait ce que ni Bonbon ni Angélique ne connaissaient : Une grosse poignée de verges. Un savant en expliqua l'usage ; et se mêlant de ce qui ne le regardait pas, il ajouta en riant : « C'est un excellent moyen de donner de l'appétit au Prince. _ Nous allons en faire l'expérience répondit le Roi » ; et commença à fustiger l'impertinent personnage qui s'enfuit en hurlant.

Les verges ne firent pas d'autre office. Le bon Roi se mit à imaginer tous les moyens de donner au sucre un gout nouveau qui plut au Prince. Alors furent inventées les dragées, les pralines, les pastilles, les sucres d'orge, les papillotes. Anis se régalait pendant huit jours de ces friandises qu'on appela bonbons, du nom de leur inventeur. Puis il les prenait en aversion et il fallait chaque soir, les distribuer aux enfants du pays qui, pour eux, aimaient fort cette douce rosée de sucreries. En quelques mois Bonbon fut au bout de son rouleau.

Un beau ou plutot un vilain jour,
on se décida à donner simplement à
Anis une grosse tartine de pain.
Aussitót qu'il l'aperçut, il entra
dans une colère épouvantable.
Bien mal lui en arriva-t-il; car

pendant qu'il se roulait par
terre dans sa fureur, un
grand aigle qui passait par
là le prenant pour un petit
chien, fondit sur notre enfant, le saisit de ses puis-
santes serres et reprit
majestueusement son vol.

Après avoir traversé
un large bras de mer, Anis
était déposé dans le nid, ou
plutot l'aire de l'aigle, qui se
remit en chasse. A sa grande surprise, il se vit assis près de quel-
que chose qui embaumait l'air,
et qu'il ne connaissait pas : c'était
un énorme pâté tout chaud. En
même temps un bruit de voix le
fit regarder en bas, et il aperçut
une demi-douzaine de patronets,
essayant avec leurs pelles à
four, de donner l'assaut au
rocher sur lequel l'aire
était placée.

Le Prince leur jeta le pâté dérobé par l'aigle
et qu'ils venaient reprendre. Puis, lui-même, au
moyen d'une corbeille de patissier, et d'une corde
dont on parvint à lui lancer un des bouts, fut
redescendu sur terre. Les patronets l'emportè-
rent alors en triomphe; et bientot, on arriva à
l'entrée d'une ville dont la porte avait la forme
d'un colossal Nougat.

La mère d'un des petits patissiers, une pauvre femme qui avait deux jolies fillettes, invita le Prince à entrer dans sa maison, pour déjeuner. Il ne fut pas peu étonné d'y manger de la brioche au lieu de pain, de la soupe aux biscuits; quant au plat de résistance, ce n'était rien moins qu'une grande tourte; enfin, on y avait à boire du sirop en abondance.

L'eau et le pain, très rares dans la ville,
dit la bonne femme, étaient trop chers
pour de pauvres gens . Aussi Anis
éprouva-t-il moins de surprise qu'il
n'en aurait eu , lorsqu' étant sorti, il vit
un mat de cocagne dont tous les prix con-
sistaient en bons gros pains bis, en fioles
de médecine, en bouteilles de vinaigre .

Un peu plus loin, se montrait un élégant marchand d'eau pure, vers lequel couraient les enfants assez heureux pour pouvoir boire de cette eau claire, qui leur semblait meilleure que tous les sirops du monde. Anis admirait si fort tout cela qu'il n'aperçut pas un grand bassin, dans lequel il tomba. Or, le dit bassin était une immense tarte à la crême que l'on préparait, chaque jour, pour les pauvres gens du pays.

Imp Becquet, à Paris.

Les Pages de la Reine qui passait par là en chaise à porteurs aidèrent notre malheureux petit héros à sortir de la tarte à la crême, dont il avait, bon gré, mal gré, mangé un peu plus qu'il n'eut voulu. On le conduisit à la demeure royale.

Il se fit alors connaître : aussitot on s'empressa de le faire changer d'habits. Quand sa toilette fut terminée, il fut conduit auprès de la Reine qui l'attendait au milieu de toutes ses petites demoiselles d'honneur, curieuses de le voir et de l'entendre.

Anis leur raconta sa surprenan-
te aventure. A son tour, il apprit
que dans ce pays extraordinaire,
on condamnait les gourmands à ne
plus être nourris que de patisseries,
et à ne plus boire que des sirops
qu'ils finissaient par prendre en
horreur, comme lui-même avait pris
les sucreries en dégout pour en
avoir trop mangé. Il comprit enfin
qu'il ne faut abuser de rien même
de ce qui semble être les meilleures cho-
ses. Aussi, se promit-il bien de se défen-
dre à l'avenir, de la fatale gourmandise.

La bonne résolution, qu'il prit ainsi, fut récompensée par l'arrivée du père la
Sagesse, qui, cette fois, lui apparut comme un sauveur, et le ramena, en effet,
dans l'île des Ananas où le Roi Bonbon, et la Reine Angélique acceuillirent leur
cher fils à bras ouverts, pendant que chacun témoignait sa joie de le revoir, ra-
mené par le digne vieillard que nous devons tous écouter pour notre bonheur.